中国当代篆刻家

张锡杰印谱

人民美術出版社

张锡杰近照　王月仙摄

张锡杰简介

张锡杰，号葛藤山人、形莫若就斋主、昆嵛山樵、大瓢。一九五六年生于山东威海。一九七七年考入山东师范大学美术系，一九八二年毕业留校任教。现为山东师范大学美术学院教授、硕士研究生导师。擅大写意花鸟、书法、篆刻。致力于艺术实践与创新探索，与时俱化。注重生活感受、哲理思维与学识修养，广取博收，独辟『葛藤法』，以矢志于艺术之变革：弘拓花鸟画传统『折枝』思维的情趣审美为现代『宇宙意识』无限感的墨象审美。尤重民族传统的承接与外来艺术营养的汲取。艺术主张圆通观世，率性阐心，力求时代感的艺术语言。尚一气、生机、风骨、自然、雄浑、真朴、豪放、旷达。讲究用笔、用墨、用色、布局与意境之双重审美的欣悦之效，聚人文气息、生命意识、宇宙境界于墨象之中，作品具有强烈的时代气息和艺术生命感染力。作品多次参加国内外重要画展并收入多种书画专集。

《张锡杰画集》由人民美术出版社出版，《写意花鸟画布局》由山东美术出版社出版，《梵音·张锡杰作品二种》由齐鲁书社出版。

适性通变　擢锋陷刃

——形莫若就斋主锡杰自序

人要表达情志或要实现某种目的，总要寻求一定的方式、方法。比如，叙述用言语、文字，状物用图像、笔墨，诸如此类。篆刻，就是用刀刃表达心性——刊刻心灵轨迹。洞古观今，凡巨擘大手眼皆澄怀体物，道心独揣，无不有『天行健』之概，与时俱化，以实现独立人格的完善与永恒人生价值的追求。『故有真精神、真命脉，一时发现纸上……擢锋陷刃，不可禁挡，遂令百世后晶莹不灭。』（石涛语）

篆刻，作为艺术，其妙弗在自身。《书谱》云：『书之为妙，近取诸身。』石涛以刀法喻笔法，得其书画之妙；不佞则以为，篆刻之妙，当以刀代笔——直取笔法，不亦至理！篆刻，远古为信物，渐由实用发展为篆刻艺术。秦玺端庄刚烈之相也，汉印朴茂厚实之风也，唐宋以降渐隐其踪迹，明清『妍因俗易』也，至老缶以书立，白石以性启（言放纵过甚为野狐），殊途同用。余好古赏今，乐于此道，刊刻心性，仅为书画，或酬知己，别无他求，形莫若就也。

如是我闻：山木不材而终其天年，当器之无而恰以为用，人以为学而通情达理，艺术贵『真』而有价值，……子取众德，适者存焉！

『真』，世之所贵。何以为之，假、伪之相对者是也，『直指人心』者是也；发现于性，致生命之本根，致宇宙意识之境者是也。——『真实是人生的命脉，是一切价值的根基。』（德莱塞语）『世界上没有比「真」更美的东西，唯有「真」才是最可爱的。』（波亚诺语）由是乎文字、笔墨……印痕皆当达观其性，致人本之质，蹈宇宙之境，倘若仅能事于形象位置者，终为远『道』之末流也。华夏文化，浩瀚丰润，世代传承，渗透于人们的骨血里，潜藏于人的无意识中，一经心意调适，把握事物或谓雄浑、豪放、高古、绮丽、典雅、精神、自然、悲慨或谓含蓄、清奇、丰茂、委曲或谓劲健、飘逸、流动、疏旷。而诸审美境界中又均以『真』为贵，以『气』为统，即无挂碍——爽脱大气是也。外来文化，在人的意识中亦应接不暇，生气、情感、灵魂、风骨、精神无不打上现代人审美思想的烙印。传统与外来、功用与审美，消解着『写意』与『写实』固有的价值观，进而转向文化心理，观照人本；在『不似则失其所以为诗，似则失其所以为我』（顾炎武语）的坐标中调整、寻求着自我。斯为与时俱化之化，而非同化。这种认识观一旦付诸现实，落实到某一方面，立刻就变成了时代的精神产物——固有的品评标准将『尺有所短』。艺术是人类生活的浓缩，其升华随社会现实生活的变化而变化，故蒙师刘友亭先生云：艺术的生命在于变化。人们在接纳瞬息万变的大千世界的同时，思考艺术。它既不是固守、排斥，也不是依附、重复，而是汲取营养，化陈腐为神奇。这是人类艺术之大同，否则，艺术在人类历史文化的长河中就会失去生命力。孙过庭云：『古不乖时，今不同弊。』达利曰：『第一个把女人的脸蛋比作玫瑰花的人无疑是一位诗人，第一个重复的人无疑是一位白痴。』皆启迪创新。——『适性通变』，『禅心』之真也！

余喜急就章。急就，即『美』的审美感性的瞬间实现。『瞬间』即迅速唤起创作冲动，理性来不及规范其情感因素（如同大写意画风一样），而感性则使『美』变得更真实、更纯粹，即真精神、真命脉一时间的喷薄而出，即致美的崇高境界——永恒。如是我闻：激情的魔力是可以创造出人间奇迹来的。这些印蜕积三十余年所学之功，倾一气激情之力，多成于无稿反刀即兴急就，余称之为『大刻意』印风。适钤余大写意画风也。其特点在于：能事于一刀之功，决不复刀以饰；宁可十刀追心，决不偷省一刀之力。真诚自致、刀圭自然，形迹有声；聚丹气于内，勿念圭角枉生，精神自然满盈，得与天地物同。化金石、苍古于自然润秀、神气风骨之中；化『规范模式』为『心迹模式』，呈现印面。印面造型多参以绘画布局之法；黑、白则依太极图『计白当黑』之理，追求印稿与制印创作情感在印面上的同步存绪。使印面造型、节奏、韵律、力度在犀利的刀法中获得生机、劲健、苍古、欣悦的审美之效，而不计点画得失。边款则多刊刻不佞与先贤关于艺术与人生哲理论语。我用我法——刊刻心迹。

艺术究竟是感性的，还是理性的？理性说、感性说，皆『盲人状象』说也。案如：夫五岁率性与五十后率性，酒鬼率性与诗人率性，其性质讵能相同！同是率性，相去天渊，弗在于肢解感性理性欤！如是我闻：艺术永远以理性的头脑支配着感性的眼睛，而感性的眼睛往往以拒绝理性而获得成功！

一个人要做君子学问，既不拘泥于周围的任何事物，也是对某种先验的超越。艺术，毕竟是『技』附于『道』，以技阐心。说印：方寸天地，锋致象外；太极法相，黑白依存；适性通变，摧锋陷刃！

甲申岁杪于山东师范大学美术学院形莫若就斋

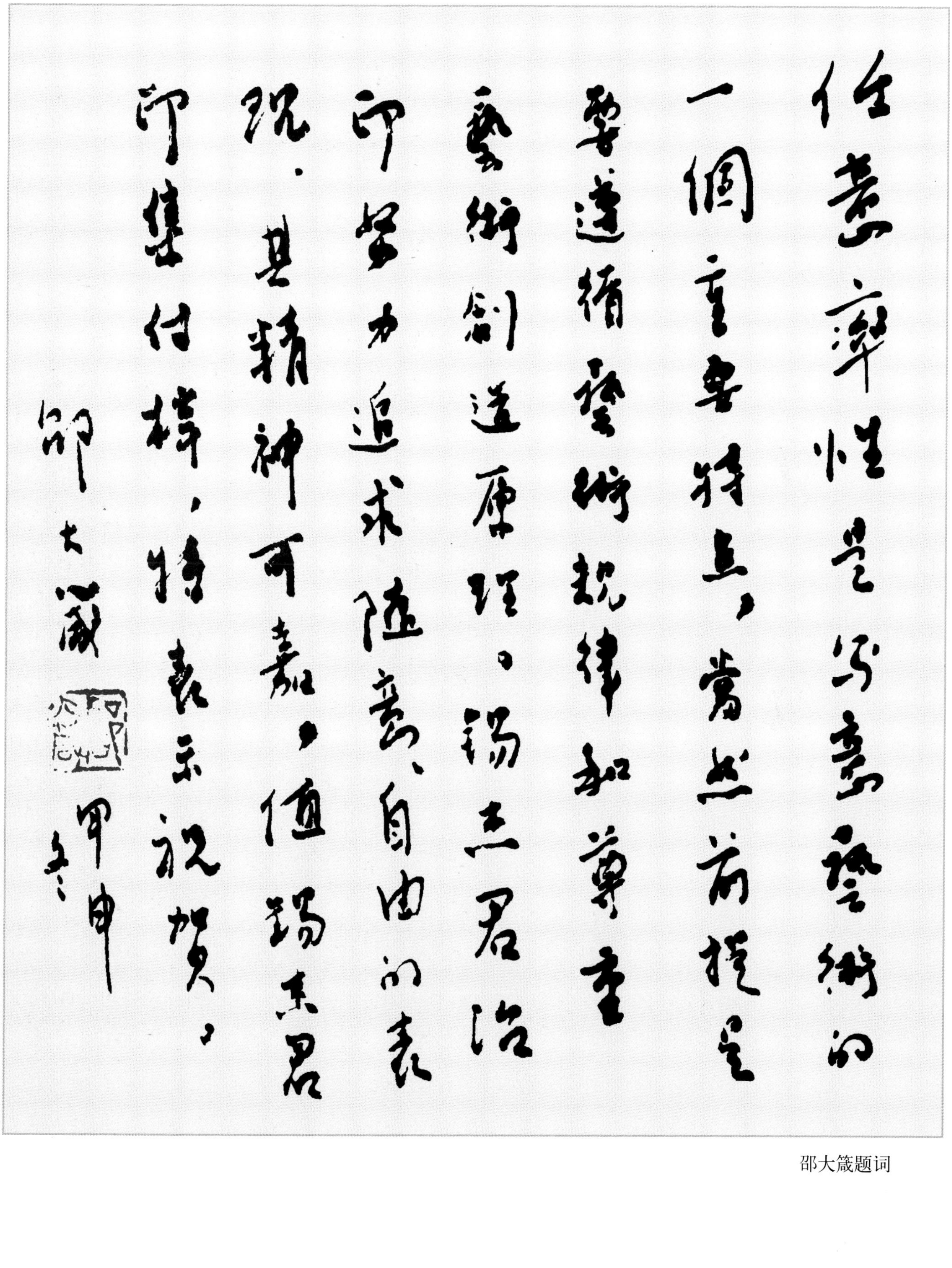
任意率性是寫意藝術的
一個重要特點，當然前提是
要遵循藝術規律和尊重
藝術創造原理。錫杰君治
印努力追求隨意、自由的表
現，其精神可嘉，值錫杰君
印集付梓，特表示祝賀。
邵大箴 甲申冬

邵大箴题词

我心

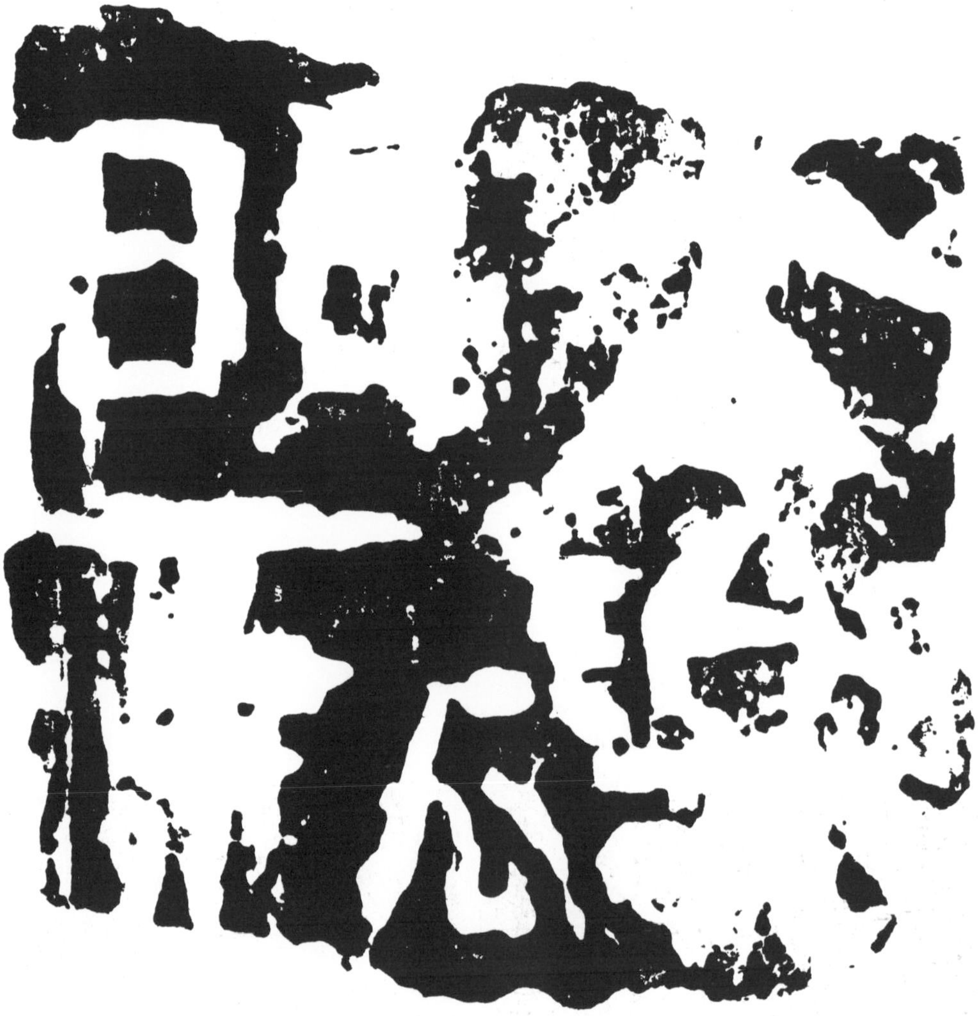

张锡杰　锡杰刊庚辰　古不乖时今不同弊甲申大瓢

荣以文

形莫若就斋　癸未大瓢　庄周问伐木工曰路旁弯树何以不伐曰无用之材也　是故得自在生存也是乃用之则不生生之则　不用之道也甲申大瓢

大音　大音甲申大瓢　道可道非常道名可名非常名　大象无
形大音稀声　含纳万物之象为之大象吞吐宇宙之机谓之稀声

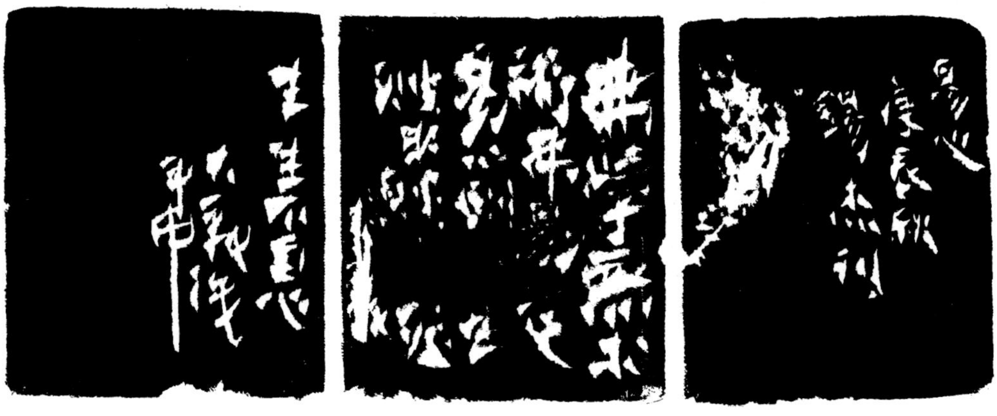

王燕　王燕棣女史哂正甲申大瓢　一日不书觉思涩王燕共勉大瓢　太极图是一切造型艺术之法则大瓢

易心　易心庚辰秋锡杰刊　弗学无术术弗易心易心则生则生则灭大瓢　生生不息大瓢识甲申

我法　语云石涛我自用我法不立一法不舍一法一画之法[乃]自　我立此乃
成就石涛三部曲　也今开大瓢之茅塞故以　铭志癸未刊石甲申记大瓢

张　率性大瓢　子曰天命之谓性率性之谓道修道之谓教甲申大瓢　入无穷之门以游无极之野庄子　下笔当是痴情人

大音　壬午锡杰刊　抱一

秦德梅　德梅棣女史正刊甲申大瓢　本性是佛离性别无佛如是我闻　书画秘诀

子冉　子冉女棣正大瓢甲申　黄宾虹云太极图是中国书画秘诀大瓢

雷　雷语不惊人死不休　晓雷正甲申大瓢　落墨如闪电下笔走惊雷　雷者震也震者振也振者辰也辰者繁也繁者茂也茂者生也生气也生气者万物之灵者也　艺术者再现万物之灵者也九州生气恃风雷者也甲申大瓢识

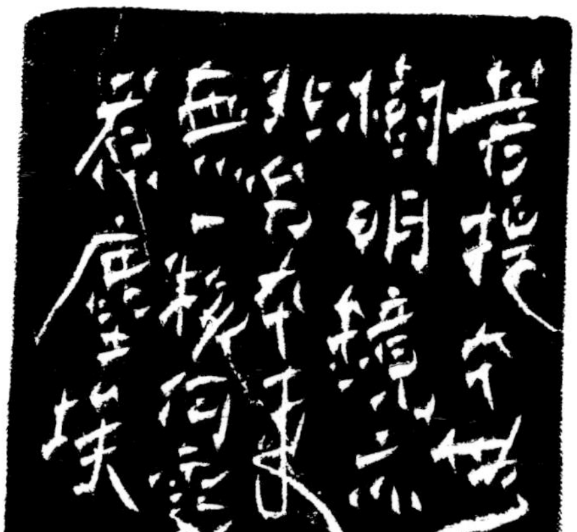

苦恼众生　菩提本无树明镜亦非台本来无一物何处惹尘埃

闲云　大瓢　激情　激情的魔力是可以创造出人间奇迹来的甲申大瓢　闲云

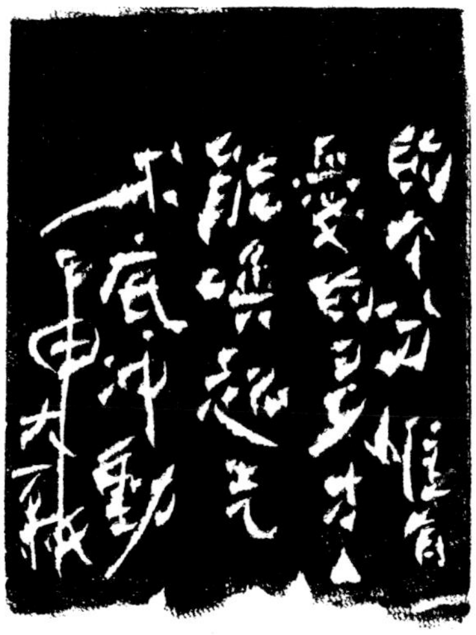

张　爱是艺术的胎世人惟爱而爱而知爱之意义者乃艺术家　的本分
惟有爱的多才能唤起艺术底冲动甲申大瓢　文彬　文彬仁棣正大瓢

王恒展　早岁为恒展道兄刊石　人颂斯人活字典也甲申大瓢　大瓢门生　岁在癸未为恒展砚道兄刊石大瓢者　何锡杰是也并记　世人清醒我独醉敢　将狂语抛墨池甲申大瓢

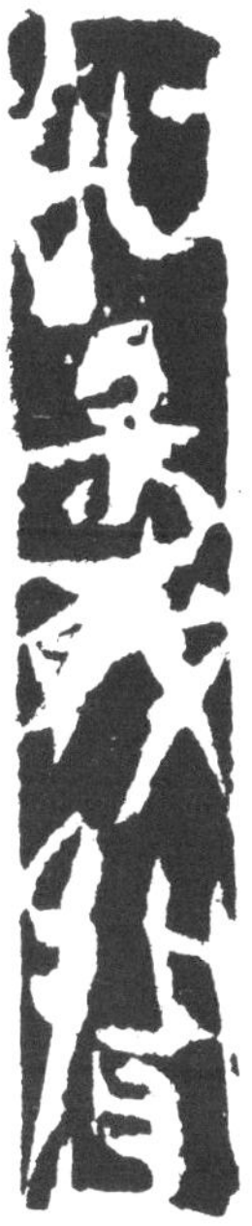

如是我闻

大瓢

张

不觉尘缘起贪爱转见深若得回光照当生即不生癸未 大瓢菩提

张锡杰印

零零印社

零零印社惠存壬午锡杰刊石

张锡杰印　浩气　石涛云作书作画无论先辈后学皆以　气胜得之者精神灿烂出之　纸上无神不成书画大瓢　张锡杰　辛巳冬刻于北京恭王府锡杰　张锡杰　张锡杰　壬午锡杰

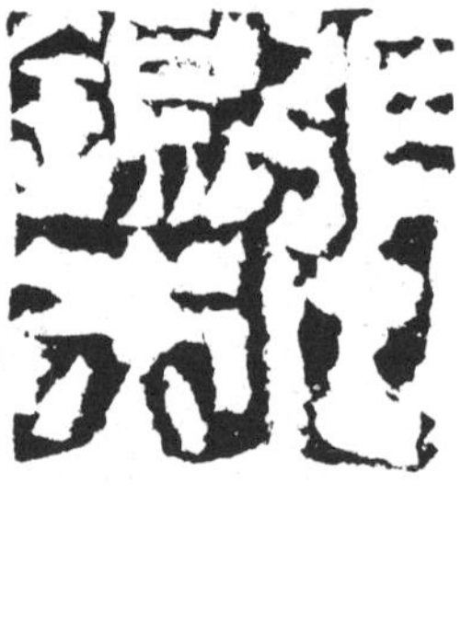

刘寒梅　王鸿波　于晓　张锡杰　张锡杰　癸未大瓢自刊气胜墨益香并识　张启政

王兆玉　大方无隅大器晚成老子　兆玉老弟正甲申大瓢

张锡杰　壬午锡杰　梁红卫　红卫老弟正甲申大瓢

张锡杰印　李荣升印　山东师范大学

张锡杰　癸未大瓢　一切有为法尤梦幻泡影如露亦如电应作如是观甲申　夏新华　东国藏画　大可无形

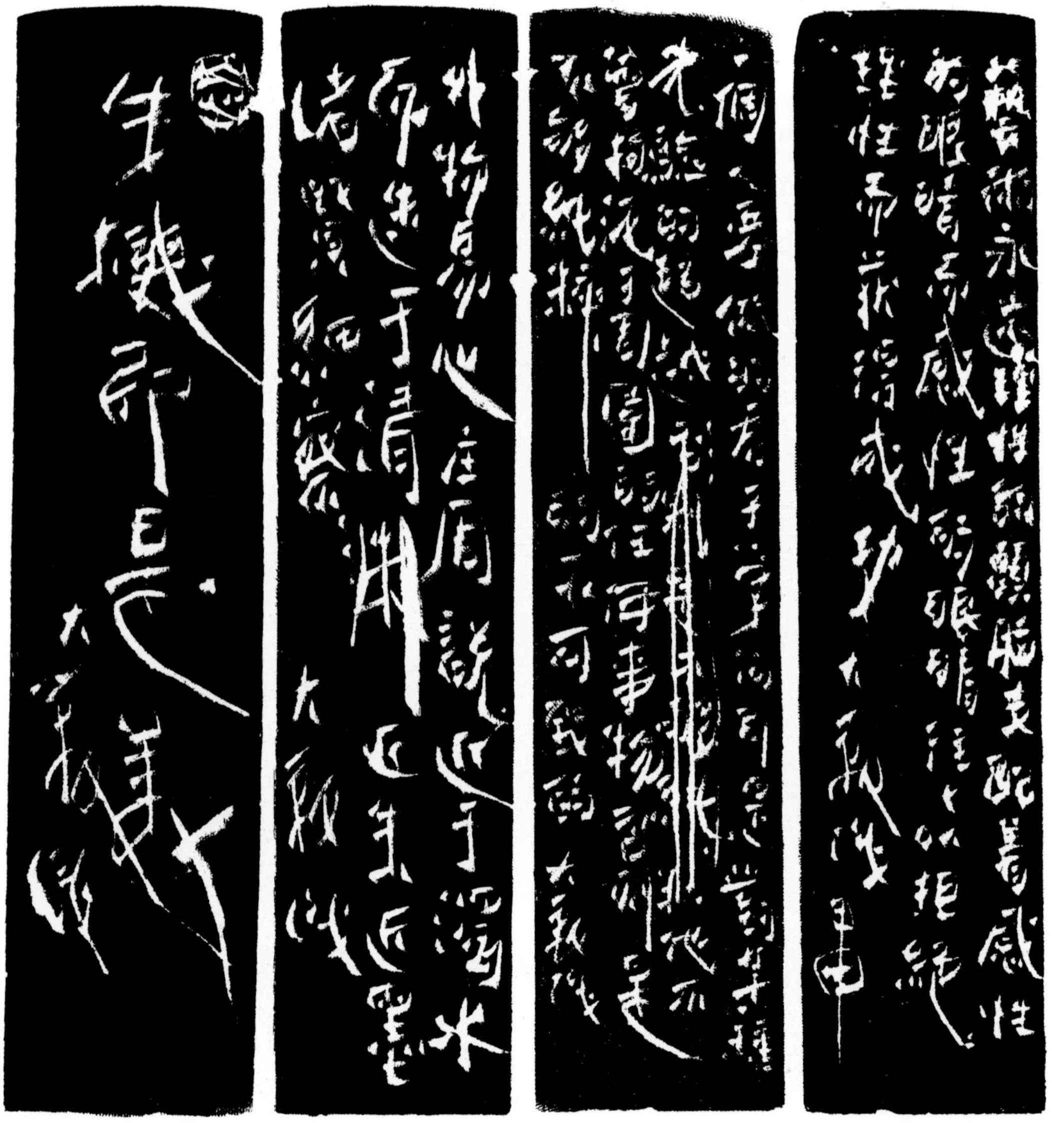

张锡杰　艺术永远以理性的头脑支配着感性的眼睛而感性的眼睛往往以拒绝理性而获得成功大瓢识甲中　一个人要做的是君子学问即是对某种先验的超越他不会拘泥于周围的任何事物否则是不够纯粹的不可致的大瓢识　外物易心庄周说近于浊水而迷于清渊近朱近墨诸贤细察大瓢识　生机即是美大瓢识

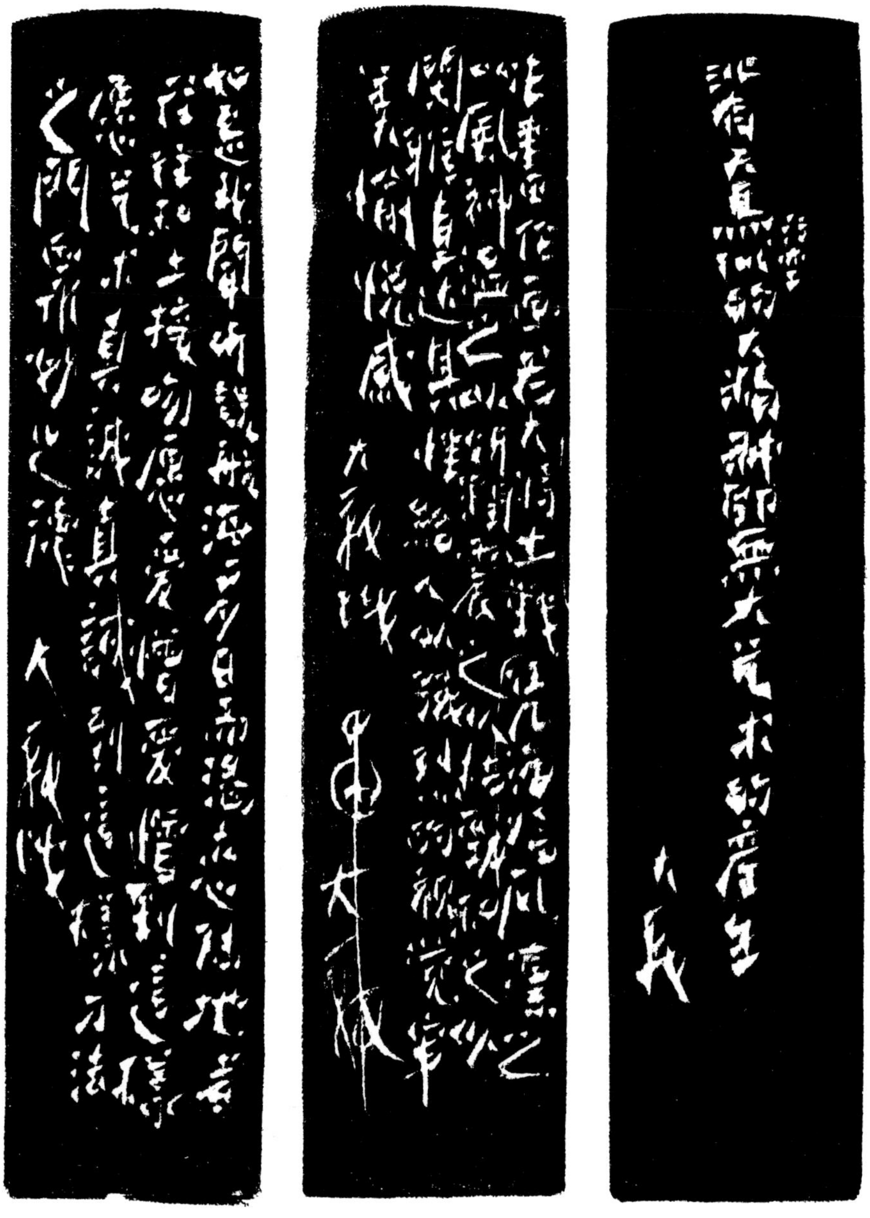

张锡杰　非有天马行空似的大精神即无大艺术的产生大瓢　作书作画若大将出战凭海临风凛之以风神温之以妍润震之以枯劲和之以闲雅直达其性给人以强烈的视觉审美愉悦感大瓢识甲申大瓢　如是我闻听说航海多日而渴恋陆地者往往和土接吻愿爱憎爱憎到这样愿艺术真诚真诚到这样万法之门众妙之德大瓢识

张锡杰　岁在壬午与振驰小琳敬伟敬禧共度四载毕业创作美好时光可谓乐得英才而教也时昼夜相持月余才思泉涌所获颇丰感慨万千妙悟得小孩拉屎之

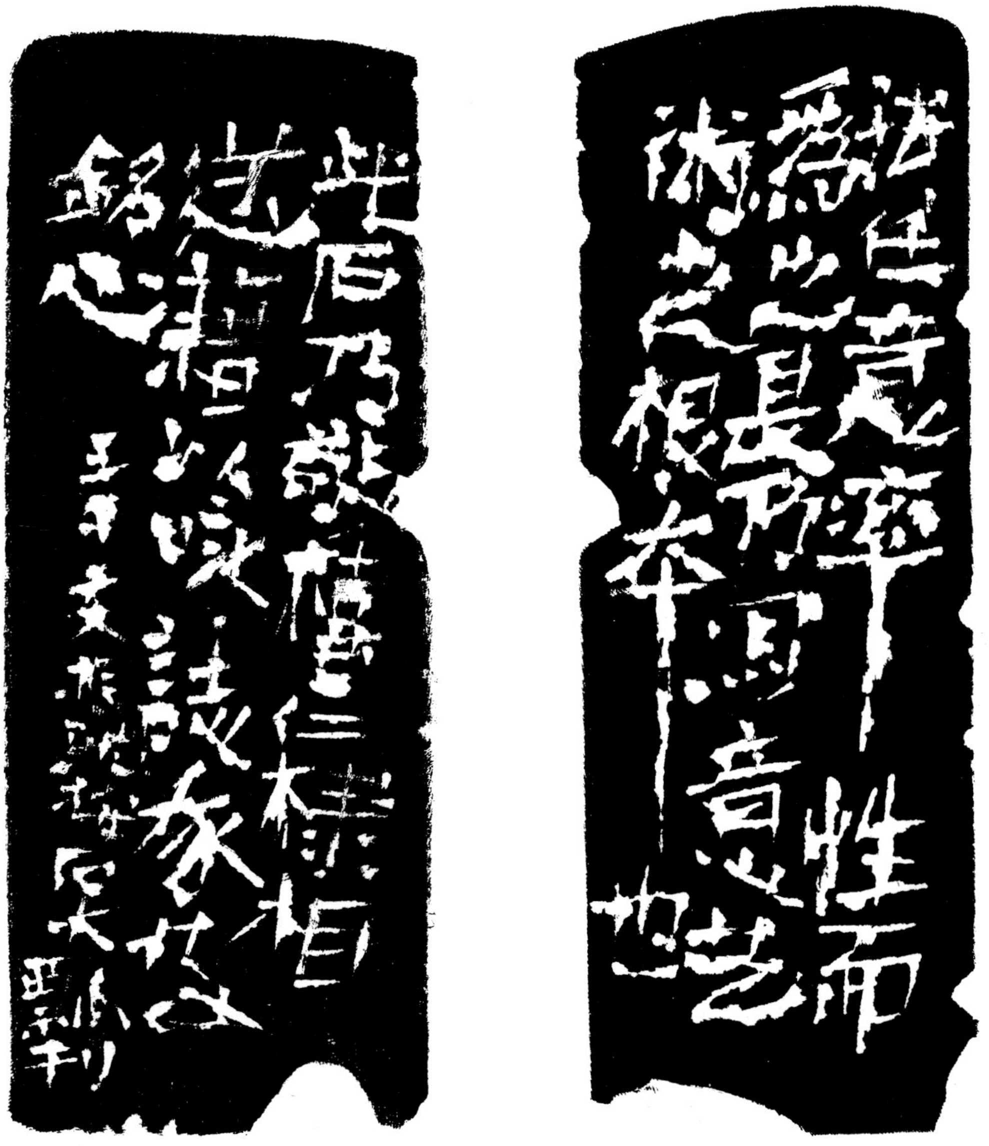

法任意率性而为之是乃写意艺术之根本也　此石乃敬禧仁棣相送藉以咏志我等铭心壬午夏振驰按石大瓢刊

葛藤山房　郭金平　张锡杰　辛巳春日刻于宁波锡杰　曲波　自强　徐源凯　徐东国

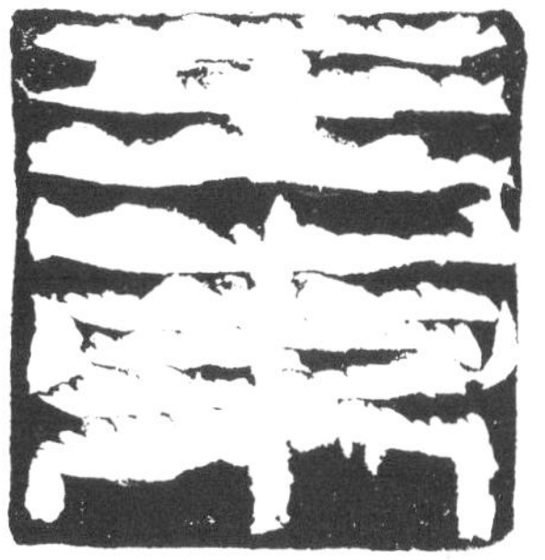

王进　任勤斌　王东　张锡杰印　李雪晖　锡杰门生

田　晓静　一花一世界一木一菩提癸未大瓢　田　田　大瓢　晓静　大瓢刊石　田

冰心 · 冰心 张 冰心 自在 冰心 冰心 自强 子冉棣正癸未大瓢 冰心 张 我法 我法 我法 我法

张锡杰　孙晓娉　曲亚楠　田　十二竹琴富翁　王月仙　董梅　王燕　筱霖　三耳

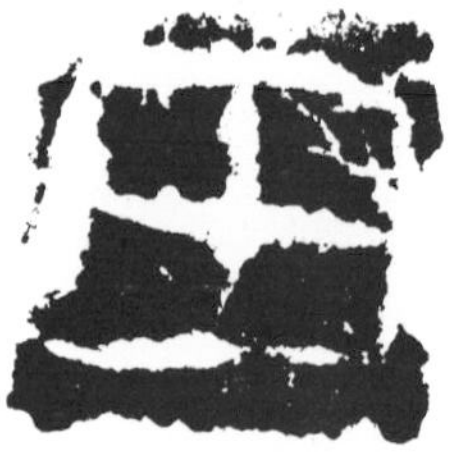

清茶一杯　我法　葫芦　自强　一片冰心　金秋　我法　我心

一瓢　冰心　以文　自强　沈琳　陈金梅　于涛　于大伟

张　王磊　王永芬　王　张　惠汀　以文　张

万山红遍　冰心　我法　冰心　冰心　冰心　我法　冰心　自在　我法　不二法门

张锡杰印　张锡杰　花季　张锡杰　一瓢

吴敏　冰心　大瓢　郭杨　一石　张　上下同欲

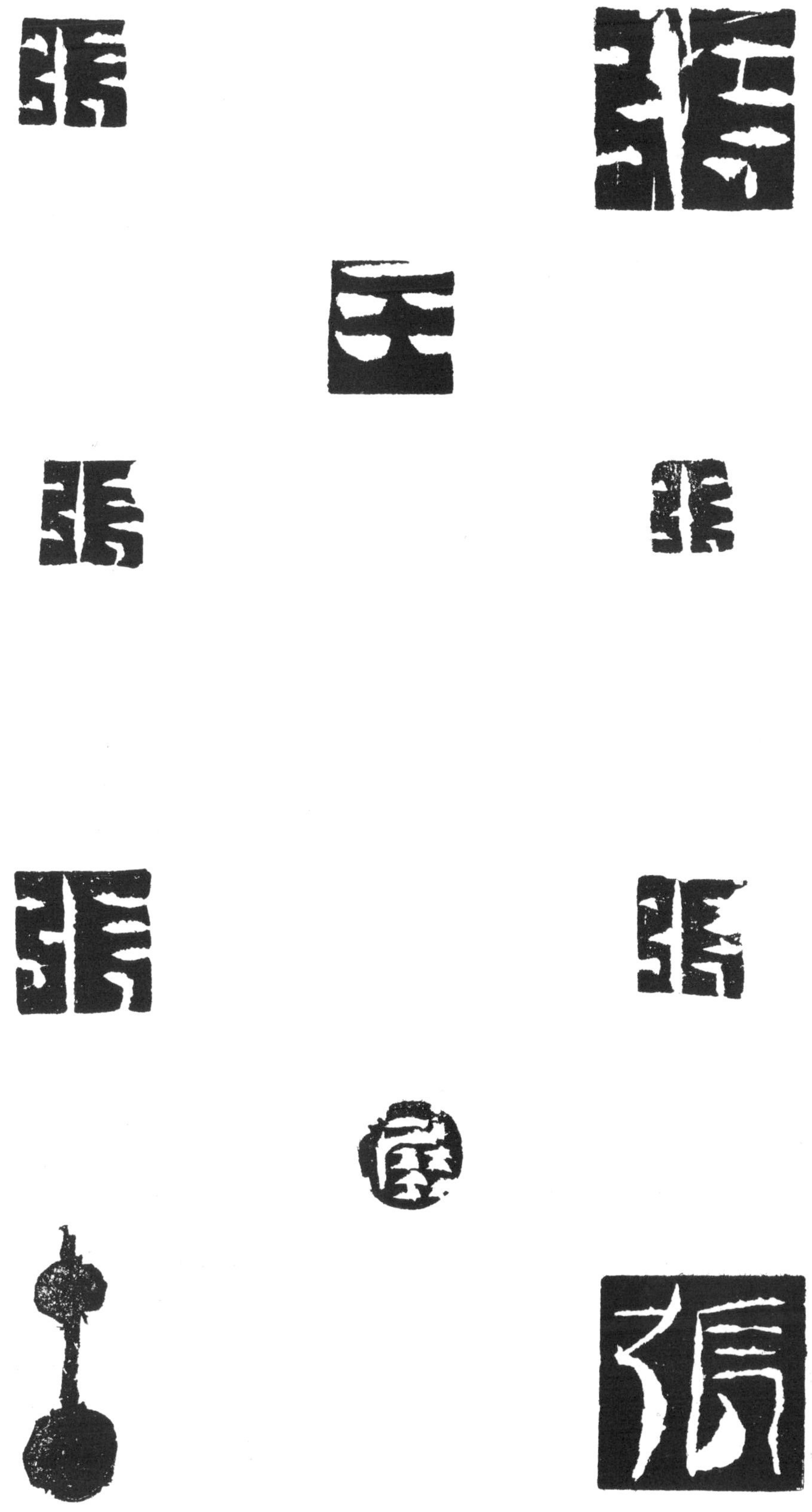

张 张 张 张 王 展 张 张 张 葫芦

自在　我法　真　葫芦　张　我法　我心　闲云

斐翔　魂无三日　大千　荣　以文　孙　大可　冉三春　刘　蜘蛛

张
张
张
癸未大瓢刊
张
张
张
张
张
张
张
张
张
张
张

大可　柳　文智　光燕　王珂　张锡杰　周　孙　大瓢　天空海阔　显芳　历红

李赫玮　李勇　王中会　周颖

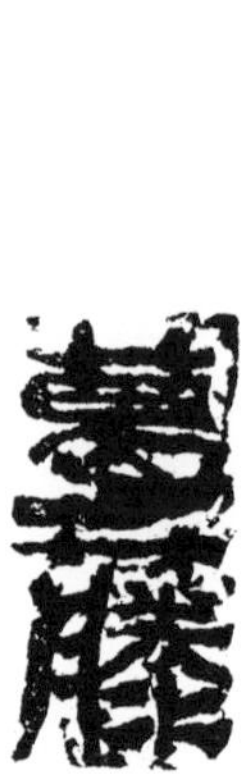

孙敬浩印　梁艳青　葛藤

一片冰心　昆嵛山樵　张　一瓢　一瓢　如来

荣伟　张锡杰　自在　于丛丛　王月仙　荣迪　王法进　大瓢

蕙　黑白幽藏　似是而非非非而是　黑白幽藏　蕾

张　大瓢　朱刚　于旭光　张　一片冰心　昌强　朱刚

董玲　张　冰心　自在　张锡杰　真　钟　冰心

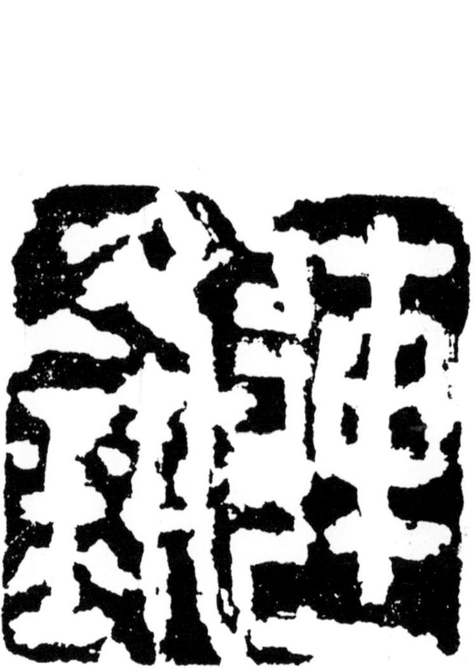

张建国 周峰 钟晓英 郭金平 周 连莹 冰心 闲云 王 车言宁

张　葛藤法门　锡杰　葛藤禅　冰心　张　多情人　我法　张　大可亦可　人长寿

张

大瓢

狂歌走天涯甲申

张

张

张

大瓢

张锡杰印　聂鸿立　于丛丛　王珂　张　谭傲男　张田蕾　徐霞

张 大瓢 形莫若就斋

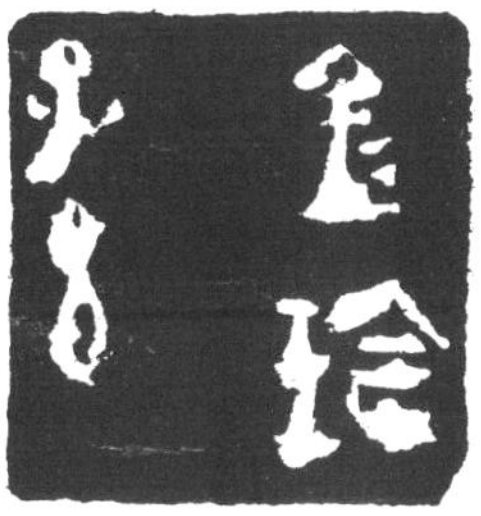

田晓静　丛丛　子冉　子冉棣一笑癸未大瓢　历红　孙金玲　高红星　丛丛

雷

我法

图书在版编目(CIP)数据

张锡杰印谱/张锡杰著.—北京：人民美术出版社，2005.12

ISBN 7-102-03565-9

Ⅰ.张… Ⅱ.张… Ⅲ.汉字-印谱-中国-现代

Ⅳ.J292.47

中国版本图书馆CIP数据核字(2005)第159998号

中国当代篆刻家

张锡杰印谱

出版者 人民美術出版社

（北京北总布胡同三十二号）

邮编 一〇〇七三五

责任编辑 陈振新

装帧设计 陈振新

制版 北京燕泰美术制版印刷有限责任公司

印刷 北京国彩印刷有限公司

经销 新华书店总店北京发行所

版次 二〇〇六年一月 第一版第一次印刷

网址 www.renmei.com.cn

开本 889毫米×1194毫米 1/16 印张5

ISBN 7-102-03565-9

定价 68.00元